De Koans van Jezus

De Koans

van Jezus

Kim Michaels

De Koans van Jezus
door Kim Michaels
Copyright © 2003 by Kim Michaels

More to Life Publishing
www.morepublish.com
info@morepublish.com

Vertaling: Tineke van der Zee

Voor informatie zie ook:
www.askrealjesus.nl

ISBN 978-9949-9340-2-7

ePub ISBN 978-9949-9340-3-4

INHOUDSOPGAVE

KOANS

Een Koan (uitgesproken als koh'an) is een korte, vaak paradoxale, bewering, vraag of verhaal, die bedacht is om mensen een diepgaander inzicht te laten krijgen in spirituele concepten. De bedoeling van een koan is om de analytische geest te neutraliseren en mensen te helpen intuïtieve inzichten te krijgen, die ook wel een aha-erlebnis genoemd worden. Het doel van een koan is om mensen te helpen buiten hun kader te denken. Veel koans geven raadsels die geen intellectuele oplossing hebben en enkel door de intuïtieve vermogens van de hogere geest opgelost kunnen worden. De beste manier om een koan te benaderen, is de aandacht van de analytische geest af te leiden, je op je hart te richten en je intuïtieve sappen te laten stromen.

Koans zijn bekend geworden als de allereerste onderwijstechnieken van het zenboeddhisme dat in de tijd van Christus opgekomen is. Jezus kan echter zelf heel goed een zenmeester geweest zijn. Hij gebruikte vaak beweringen die bedacht waren om het intellect te verwarren en mensen te helpen op een nieuwe manier over God en religie na te denken. Als voorbeeld van een historische koan van Jezus kun je denken aan hoe Jezus de mensen wakker schudde die klaar stonden om de vrouw te stenigen die betrapt was op ontucht: "Hij die zonder zonden is, werpe de eerste steen."

Hoe kom ik aan de koans in dit boek? Hoewel veel van de koans korte Bijbelteksten bevatten, komen de koans overduidelijk niet uit de Bijbel of van de historische Jezus. In plaats daarvan waren verbeeldingskracht en inspiratie de hoofdingrediënten.

Het idee voor dit boek kwam in me op toen ik hoorde van een serie billboards die langs de snelwegen in Arizona waren verschenen. Elk billboard bevatte een korte, op zichzelf staande uitspraak die werd getekend met 'God'. De gezegdes gaven op een humoristische wijze diepgaande inzichten. Het waren koans van God.

Ik heb verscheidene boeken geschreven over de innerlijke, spirituele leringen van Jezus en ik kijk altijd uit naar nieuwe manieren om deze boodschap toegankelijker te maken voor mensen. Ik besefte dat korte gezegden, die lijken op koans, diepgaande ideeën kunnen overbrengen op een wijze die zowel onderhoudend als gemakkelijk te lezen zijn. Ik voelde plotseling een stroom van inspiratie komen en de koans van Jezus begonnen mijn geest binnen te stromen. De stroom ging dag en nacht door en stopte toen net zo plotseling als ze begonnen was. Ik besefte dat het boek klaar was.

Dus sta jezelf toe te verbeelden hoe Jezus misschien koans gebruikt om ons te helpen om aan de spirituele uitdagingen tegemoet te komen die we tegenwoordig op de wereld tegenkomen. Eén waarschuwing: Enkele koans gaan misschien wat verder dan wat jij op de zondagsschool geleerd hebt. Als je de koans echter met je hart in plaats van je intellect benadert, krijg je een diepere en amusantere ervaring!

—◈—

JIJ

Laat me eens zien of je dit begrijpt:
Je weet niet wie je bent.
Je weet niet waar je vandaan gekomen bent.
Je weet niet waar jij heen gaat.
En toch vraag je mij nog steeds niet om hulp?

＊

Stel je eens voor dat je huidige
religieuze overtuigingen
onvolledig en onjuist zouden zijn.
Zou je dat dan willen weten?

＊

Heb je naaste lief als jezelf.
Zorg er dan eerst maar voor dat je van jezelf houdt!

＊

Als je naar een bepaalde bestemming reist,
zoek dan naar een gids
die er al eens is geweest.

＊

*Laat die geest in jou zijn, die ook in
Christus Jezus was.
Als Paulus het heeft begrepen,
waarom jij dan ook niet?*

*En ze maakten hem tot het mikpunt van spot.
De onwetenden zullen altijd de spot hebben
met wat ze niet begrijpen.
Laat ze ervan genieten op aarde en
geniet jij er in de hemel van.*

*De Duivel denkt dat hij slimmer is dan God.
Ik hoop dat jij nog slimmer bent.*

*Ik klop al tweeduizend jaar op
het hart van de mensen.
Voor ik naar binnen kan, moet jij wel zeggen:
"Kom binnen!"*

Vader vergeef het ze,
want ze weten niet wat ze doen.
Als de mensen het beter zouden weten,
zouden ze het beter doen.
Helaas willen sommige mensen het niet
beter weten.

Dus je denkt dat je gescheiden bent van God,
dat hij je heeft verlaten
en dat je helemaal alleen bent?
Kan een golf gescheiden zijn
van de oceaan?

Mijn juk is gemakkelijk, mijn last is licht.
Maar ik zou wel graag willen dat je me helpt
het te dragen.

De haren op je hoofd zijn geteld.
Ik dacht gewoon dat je wel zou willen weten
dat God alles telt.

Saul, Saul waarom vervolgt ge mij?
Ik hoop niet dat er een lichtflits voor nodig is
om jou tot inkeer te brengen.

⁓

Want om te oordelen ben ik gekomen.
Oordelen is de laatste kans
om je leven te veranderen. Grijp hem!

⁓

Beginnersvragen

Heb ik niet gezegd:
"Het koninkrijk van God zit in je?"
Dus waarom blijf je het dan nog steeds ergens anders
zoeken?

―※―

Wetenschappers zeggen dat toevallige gebeurtenissen
een ordelijk universum hebben opgeleverd.
Hoe groot is de kans
dat zoiets gebeurt?

―※―

Waar was jij de laatste keer toen ik
vrienden heb uitgenodigd voor het eten?

―※―

Als je niet weet waar je heen gaat,
hoe weet je dan
of je naar boven of naar beneden op weg bent?
Aanwijzingen nodig?

―※―

Wetenschappers zeggen dat de zwaartekracht,
en niet God, het universum bij elkaar houdt.
Dus wie heeft er toen besloten dat zwaartekracht
een aantrekkingskracht moest zijn?

—⁓—

Andere schapen heb ik ook,
die niet uit deze schaapskooi komen.
Waarom denken zoveel christenen dat ik
me alleen maar om hen bekommer?
Ik ben de Verlosser van iedereen.

—⁓—

De ontbrekende schakel?
Ik ben de schakel
tussen hemel en aarde.
Ontbreek ik aan jouw leven?

—⁓—

Wanneer kom jij naar huis?
Ik wacht al tweeduizend jaar
en het eten wordt koud.

—⁓—

De zondeval was een verval
tot een lagere bewustzijnsstaat.
Ik ben gekomen om de mensen te tonen dat er een
manier is om daar uit te komen.

Veel christenen blijven volhouden dat ik de
enige ben die dat pad kon volgen.
Waarom denk je dat ik heb gezegd: "Volg mij?"

Kijk eens naar de ellende en het lijden
op deze planeet.
Geloof je nou echt dat
God deze puinhoop heeft geschapen?

Laten we ons eens voorstellen dat je in een net
gevangen zit van onvolledige en vervormde
overtuigingen over mij en mijn innerlijke leringen.
Stel je dan eens voor dat ik op een dag
bij je kom en zeg:
"Laat je netten achter en volg mij!"
Zou je dan bereid zijn je huidige
overtuigingen los te laten
en mijn ware leringen te accepteren?

Waarom geloven mensen nog steeds
dat wat ze voor elkaar verbergen
ook voor God verborgen blijft?

FILM

God heeft je de vrije wil gegeven, zodat je ervoor
kunt kiezen te geloven dat God niet bestaat
en dat het hele universum
een illusie is, net als een film.
Probeer maar eens naar een film
te kijken zonder scherm!

✑

De atheïst kijkt naar de film zonder
de scenarioschrijver lof toe te zwaaien.

✑

De agnosticus kijkt naar de film,
maar zegt dat je onmogelijk kunt vaststellen
of er wel een scenarioschrijver is.

✑

De wetenschappelijke materialist gelooft
dat de film zonder scenario werd gemaakt
en dat het verhaal een serie toevallige gebeurtenissen is.

✑

De katholiek gelooft dat de scenarioschrijver
en de filmster één en dezelfde zijn.

✑

De jood wacht nog steeds op de filmster.

∽

De religieus geleerde heeft het zo druk met het lezen
van het scenario
dat hij geen tijd heeft naar de film te kijken.

∽

De fundamentalistische christen
weigert te geloven dat de film
niet altijd volgens het scenario gaat.

∽

De new age mens gelooft dat hij het scenario schrijft,
terwijl de film aan de gang is.

∽

De hindoe gelooft dat er slechts één
scenarioschrijver is, maar talloze regisseurs.

∽

De boeddhist zegt dat de scenarioschrijver,
de film en het publiek allemaal illusie zijn.
Hij kijkt liever naar het witte scherm
dan naar de film.

∽

De zenboeddhist gelooft dat het oplossen van een koan
belangrijker is dan een film kijken.

∽

De bankier probeert uit te vinden
hoe hij de scenarioschrijver een lening kan aanbieden
en welke rente hij moet vragen.

∽

De journalist zoekt naar de andere
kant van het verhaal, zodat hij
een evenwichtige recensie kan schrijven.

∽

De politicus hoopt dat noch de scenarioschrijver
noch het publiek merkt
wat hij in het donker uitvoert.

∽

De psycholoog analyseert de film en denkt dat
de scenarioschrijver
een moeilijke jeugd heeft gehad.

∽

De satanist wil de film uitzetten
en alleen maar in het donker zitten.

∽

De advocaat probeert uit te zoeken
hoe hij de scenarioschrijver kan aanklagen
wegens schending van het auteursrecht.

∽

De jurist weigert na de film naar de receptie te gaan
en probeert iedereen als een razende ervan te
weerhouden erheen te gaan.

∽

De moslim gelooft dat Mohammed de enige is
die toestemming mag krijgen een recensie te schrijven.

∽

De zakenman probeert meer popcorn te verkopen
en zit met zijn rug naar de film toe.
Maar hij heeft het gevoel dat hij
wanneer hij genoeg geld verdient,
de productiemaatschappij kan kopen
en het scenario kan herschrijven.

∽

Slechts een paar mensen zijn erachter gekomen
dat hoewel er een scenarioschrijver is,
het scenario nog niet af is.
In werkelijkheid is het een interactieve film
en het publiek moet uitmaken of er
een happy end komt.

∽

Problemen

Uw zonden zijn u vergeven.
Helaas beschouwen veel mensen
dit als een blanco cheque.

⁓

Mensen zijn hun spirituele oorsprong vergeten.
Dat geheugenverlies is het enige
echte probleem op planeet Aarde.

⁓

Kijk eens naar de verbazingwekkende
vooruitgang op
veel gebieden in de maatschappij.
Als de religie niet
met al het andere mee evolueert,
is het dan een wonder
dat de mensen haar opgeven?

⁓

Om de wereld te veranderen,
begin je met jezelf te veranderen.

⁓

Mensen klagen altijd over hun omstandigheden.
Maar als je probeert hen te laten zien dat ze
de macht hebben om hun
omstandigheden te veranderen,
denken ze dat je een gek, een verkoper,
of de Duivel zelf bent.

Zoveel mensen denken liever
dat God hun ellende veroorzaakt heeft.
Ze willen niet toegeven dat
ze hun situatie zelf gecreëerd hebben
en dat alleen zij die kunnen oplossen.
Je kunt een probleem pas oplossen als je
de oorzaak van het probleem ziet.

De mensen roepen: "Waarom ik?"
Het antwoord is: "Omdat jij gekozen hebt
wie je wilt zijn!"
Als dat je niet bevalt, maak dan een betere keuze!

God heeft de mensen vrije wil gegeven
en ze kunnen die gebruiken
om zichzelf te vernietigen.
Het feit echter dat je dit KUNT,
betekent nog niet dat
God wil dat je dit doet.
Daarom heeft hij mij gestuurd
om je een betere manier te
tonen. Volg mijn voorbeeld!

O hoeveel eigenwijze christenen
gebruiken de Bijbel
om als wijs beschouwd te worden door de mensen.
Maar hebben de mensen
dan de sleutel tot het koninkrijk in handen?
Nee, enkel de Innerlijke Christus heeft de sleutel.
Zoek Christus in je hart
in plaats van in een boek!

Het was niet de bedoeling dat religie mensen
de absolute waarheid zou geven.
Religie wordt gegeven aan mensen
in een lage bewustzijnsstaat
in de hoop ze uit dat referentiekader te halen.
Degenen die denken dat hun religie
de absolute waarheid is,
raken nog meer ingegraven in
het menselijke bewustzijn.
Zelfs God kan dat probleem niet oplossen.
Maar jij wel!

Ik heb je verteld dat
je de andere wang moet toekeren.
Ik heb nooit gezegd wanneer je moest ophouden
met de andere wang toekeren.

Met God is alles mogelijk.
Dus waarom blijf je dan jezelf
gescheiden van God zien?

DE WERELD

Planeet Aarde is een klaslokaal voor zielen.
Ik kwam bewijzen dat iedereen kan slagen.

Als God de puinhoop op deze planeet niet
heeft geschapen,
waarom verwachten mensen dan dat hij die opruimt?
Laat degenen die de puinhoop gemaakt hebben,
hem ook opruimen!

Planeet Aarde is een klaslokaal.
Helaas denken de meeste mensen
dat ze alles al weten,
dus proberen ze niet eens iets te leren.
Daarom zitten ze ook nog steeds op de kleuterschool.

Laat je licht voor de mensen schijnen.
Ik kan de wereld niet verlichten vanaf hierboven.

De aarde is net een strand
en de koninkrijken van
de mensen zijn zandkastelen.
De domme mensen hebben ze bij eb
aan de waterkant gebouwd.
De verstandige mensen hebben
ze hogerop gebouwd.
Er zijn er maar een paar die ze op de rotsachtige
buitenposten hebben gebouwd.
De vloed van de nieuwe dag komt eraan.
Waar heb jij je kasteel gebouwd?

~

En wat jullie op aarde ontbinden,
zal ook in de hemel ontbonden zijn.
Dus waarom denken de mensen dan
dat God hun ellende veroorzaakt heeft?
Jij ontbindt het, en jij bindt het!

~

Hij die de grootste onder jullie is,
laat hem de dienaar van allen zijn.
Aanzien krijg je door God
in iedereen te dienen.

~

Mensen denken dat ik ze zal redden,
maar toch heb ik mijn rol al gespeeld
en ik sta niet meer op het toneel
van het leven op aarde.
Alleen degenen die nog steeds
op het toneel staan,
kunnen het drama tot een happy end brengen.

Planeet Aarde is een klaslokaal voor zielen.
Helaas hebben de mensen er
een gevangenis van gemaakt.
Het was de bedoeling dat religie
de mensen zou helpen
hun lessen te leren.
Helaas hebben de mensen haar gebruikt
om de gevangenismuren te verstevigen.
Ik kwam de mensen tonen dat
in tegenstelling tot hun doctrines,
de gevangenisdeur nooit op slot heeft gezeten.
Loop er gewoon doorheen en volg me naar huis!

De problemen op deze wereld werden geschapen
in de geest van de mensen en ze blijven
alleen maar bestaan,
omdat mensen geloven dat ze echt zijn.
Maak je los uit deze massa-illusie.
Neem de Christusgeest aan
en behoor tot het uitverkoren volk!

De Realiteitscheck

De realiteit van het leven is
dat de realiteit van God niet wordt veranderd
door menselijke overtuigingen.
De aarde was ook rond
toen iedereen dacht dat zij plat was.

⁓

Ik ben zo'n gemakkelijke Meester
om te volgen – als
je bereid bent om al het andere achter te laten.

⁓

Ik ben de Weg, de Waarheid en het Leven.
Wanneer je dit van jezelf kunt zeggen
en het meent, ben je klaar
om het koninkrijk binnen te gaan.

⁓

Vergeving is de poort naar de vrijheid.
Je kunt de hemel niet betreden
zolang je nog vasthoudt aan het verleden.

⁓

Het is een fundamentele wet
dat je jouw wereld niet kunt veranderen
zonder jezelf te veranderen.
Als je serieus je uiterlijke situatie
wilt verbeteren, begin dan met
de situatie in je innerlijk te veranderen.

~~~

Ik ben niet gekomen om al het werk
voor jou te doen.
Ik kwam je tonen hoe jij jezelf kunt redden.
Jij moet jouw overwinning opeisen.
Ik heb de mijne allang opgeëist.

~~~

God wil je niet straffen.
God wil dat je van je fouten leert
en doorgaat naar iets beters.
Leer snel!

~~~

In zoverre je aan de minste van mijn broeders
hebt gedaan, heb je aan mij gedaan.
Zie Christus in iedereen,
anders vind je mij nooit!

~~~

Christenen hebben tweeduizend jaar
in uiterlijke doctrines naar me gezocht.
Waarom denk jij dat je mij kunt vinden
waar anderen mij niet gevonden hebben?
Wees slim en zoek naar de Innerlijke Christus.

Ze hebben mijn Heer weggenomen
en ik weet niet waar ze hem heengebracht hebben.
Zoek me in je hart!

Je kunt Gods koninkrijk niet betreden
door een goed mens te worden.
Je kunt er enkel binnengaan door het
spirituele wezen te worden dat je moest zijn.

Zonder visie komen mensen om.
Wat kunnen computers je over het leven leren?
"Wat je ziet, is wat je krijgt."
Zo werkt het leven ook ongeveer!

Suggesties

De theorie over de oerknal legt niet uit
wie al dat spul in die kleine ruimte heeft gepropt.
Als ik misschien een suggestie zou mogen doen...

⌒

Er zijn maar weinig harde werkers. Voeg je bij hen!
Het loon is misschien laag,
maar de pensioenen overtreffen alles.

⌒

Dit is mijn voorstel aan jou.
Als jij mij in huis neemt,
breng ik je naar mijn Vaders huis.
Afgesproken?

⌒

Ik ben naar huis teruggegaan
om bij mijn ouders te wonen.
Ze hebben nog wel een lege slaapkamer over.
Kom je ook?

⌒

Sommigen gaan op weg.
Een aantal slaan een andere weg in
door mij te volgen!

⌒

Laten we eens afspreken
– in jouw hart.

～

Zoekt en gij zult vinden.
Als je Christus zoekt, zoek hem dan in je hart.
Je kunt hem nergens anders vinden.

～

Wist ge niet dat ik met
mijn Vaders werk aan de slag moest?
Het is goed om prioriteiten te stellen.
Wat het zwaarst is, moet het zwaarst wegen!

～

Je kunt jouw weg naar de hemel niet bedenken.
Je kunt alleen maar wél
of niet in de hemel zijn.
Kies waar je wilt zijn!

～

Uitnodiging voor een bruiloft

Waar: Mijn Vaders koninkrijk.
Wanneer: Op elk moment dat je eraan toe bent.
P.S. Draag je bruiloftskleed:
het Christusbewustzijn.

૱

Want wat is de beloning als je houdt
van degenen die van jou houden?
Je vijanden liefhebben, bevrijdt je van hen en
geeft je beloningen van Boven.
Kun je beter wraak nemen dan met liefde?

૱

Royaal heb je ontvangen.
Geef nu royaal,
zodat er meer ruimte
komt om nog meer te ontvangen.

૱

Gebruik geen ijdele herhalingen.
Ik heb nooit gezegd dat je een gebed
niet mocht herhalen.
Ik heb alleen gezegd dat je al jouw gebeden
uit jouw hart moet laten stromen.

૱

BELOFTE

Ik ben bij je, altijd.
Welk deel van 'altijd' begrijp je niet?

⁓

Wanneer je de andere wang toekeert,
zie je mij naast je staan.

⁓

Als je vragen hebt, stel ze dan aan mij!
Luister daarna naar het antwoord in je hart.

⁓

Ik kom terug!

⁓

Als je oog op één doel gericht is,
zie je de wereld zoals ik haar zie:
Alles is God
die een vermomming draagt.

⁓

Naar je geloof
zal het geschieden.
Ik geloof dat met God
alles mogelijk is.
Hoe zit dat bij jou?

ᕗ

Wees niet bang kleine kudde;
de Vader geeft jullie met het grootste genoegen
een directe ervaring
van zijn innerlijke koninkrijk.
Stop het zoeken buiten jezelf!

ᕗ

Geloof kan bergen verzetten.
Maar je moet beginnen met de berg verkeerde
overtuigingen
die de oorzaak van je twijfel zijn.

ᕗ

Vraag en je zult ontvangen.
Als je met een gesloten geest en hart vraagt,
hoeveel inzichten kan ik je dan geven?
Vraag met een open geest en hart,
en je ontvangt oneindig veel meer.

ᕗ

Hij die leeft door het zwaard,
zal door het zwaard omkomen.
Heb ik ooit gezegd dat als iemand je
met een zwaard aanvalt,
mijn uitspraak niet meer
op jou van toepassing is?

⁓

Als jij je verdwaald voelt,
laat mij je dan helpen je Zelf te vinden.

⁓

Hij die zijn werelds gevoel over het leven
vanwege mij verliest, zal zijn spirituele leven vinden,
zelfs als hij nog op aarde blijft.

⁓

Wees niet bang mijn kleine kudde;
de Vader geeft jullie met het grootste genoegen
zijn koninkrijk.
God wil het je maar al te graag geven.
Ben jij bereid het te ontvangen?

⁓

Ik kom terug – als ik in je hart mag komen.

⁓

Doen

Ga uit elkaar
en wees een afgescheiden en uitverkoren volk.
Volg de Christus, niet de massa!

⁂

Verzamel schatten voor jezelf in de hemel.
Alles wat je met onvoorwaardelijke liefde doet,
is een hemelse schat.

⁂

De mens leeft niet van brood alleen,
maar als jouw broeder honger heeft,
geef hem dan te eten.

⁂

Jij bent het Licht der wereld.
Doe het aan!

⁂

Ik ben de open deur,
maar jij moet er nog wel doorheen lopen.

⁂

Voeg aan alles wat je krijgt, inzicht toe.
Van wie krijg je inzicht?
Van de Christus in jou!

❧

Liefde is de sleutel.
Het slot zit op je hart.
Maak het open!

❧

Vergeef je broeders.
En vergeet niet jezelf ook te vergeven.

❧

Als je een splinter in het oog van je broeder ziet,
vraag mij dan de balk uit jouw eigen oog te trekken.

❧

Zoek eerst het koninkrijk van God,
en alle andere dingen
die er echt toe doen,
zullen je ook gegeven worden.

❧

Eer je hemelse Vader en Moeder.
Kom thuis voor een bezoekje
en blijf tot in eeuwigheid.

❧

Vergeef je broeder zijn zonden.
Je kunt geen grieven meenemen naar de hemel.

Wees sluw als slangen, onschuldig als duiven.
Als je altijd omhoog kijkt om de duiven te zien,
struikel je misschien over de slangen
op de grond.

Laat je communicatie zijn:
"Ja, Ja," of: "Nee, nee."
Menselijke redeneringen, hoeveel ook,
veranderen de wet niet.
Argumenten binden je aan de aarde,
gehoorzaamheid bindt je aan de hemel.

NIET DOEN

Ik heb wel gezegd dat jij je naaste moet liefhebben.
Ik heb er nooit aan toegevoegd:
"maar alleen als hij een goed christen is."
Dus waarom zou jij dat er dan wel aan toevoegen?

❧

Degenen die de eersten op aarde zijn,
zijn vaak de laatsten die het koninkrijk van mijn
Vader binnengaan.
Wees bescheiden bij de mensen en God,
of ontvang je beloning op aarde.

❧

Oordeel niet, opdat ge niet geoordeeld worde.
Als je anderen beoordeelt,
zeg ik gewoon: "Zoals je wenst!"

❧

Wat heeft een mens eraan
als hij de hele wereld wint, maar zijn leven erbij
inschiet?
Heb ik het de eerste keer niet duidelijk genoeg gezegd?

❧

Bouw je huis niet op het zand.
De wereld is een strand.

∽

Gij zult de Heer uw God niet in verzoeking brengen.
Ongeacht hoe machtig
je onder de mensen wordt,
je kunt de Wetten van God niet terzijde leggen.
De wet laat niet met zich spotten.

∽

Kom niet weer te laat voor het eten!

∽

Wees voorzichtig als je anderen beoordeelt.
Ik oordeel door een spiegel voor te houden.

∽

Denk niet na over je materiële leven,
en je zult het spirituele leven vinden.

∽

Denk niet aan morgen,
omdat als je dat doet,
je altijd
op morgen wacht.

∽

Denk aan Lots vrouw,
Kijk niet achterom wanneer God je roept
hogerop te komen!

❧

Gooi je parels niet voor de zwijnen
van het menselijke intellect.
Gebruik ze om de weg naar de hemelpoort te vinden.

❧

Als je tegen de mensen zegt dat je mij niet kent,
hoe kun je me dan volgen als ik naar de Vader ga?

❧

Manlijk en vrouwelijk heeft hij ze geschapen.
Man, ken je vrouwelijke kant.
Vrouw, ken je manlijke kant.
En haal die twee niet door elkaar!

❧

De geest is gewillig, maar het vlees is zwak.
Het is jouw verantwoordelijkheid
om het vlees de baas te zijn.
Laat een dienaar niet je leven besturen!

❧

Het Pad

In uw geduld zult ge uw ziel bezitten.
Verlossing is een proces,
niet een instantwonder.

❧

Wee jullie wanneer alle mensen lovend
over jullie spreken.
Je kunt populair zijn bij de mensen
of geliefd bij God, maar niet allebei.

❧

Want de kinderen van deze wereld
zijn bij het ontstaan slimmer dan
de kinderen van het licht.
Maar toch zijn degenen
die hun echte Vader kennen
het slimst.

❧

Denk niet na over wat je moet eten.
Richt je aandacht op het redden van je ziel.
Wanneer dat geregeld is,
begin dan aan je manier van eten te werken.

❧

En als de ene blinde de andere leidt,
vallen ze samen in de greppel.
Spirituele blindheid is de meest
voorkomende ziekte op aarde.
Volg niet blindelings de mensen
die doctrines tot waarheid uitroepen.
Volg de Innerlijke Christus – hij is de waarheid.

⁂

Vermenigvuldig je en neem heerschappij
over de aarde.
Begin je talenten te vermenigvuldigen
en heerschappij over
je innerlijke wereld te nemen.
Wie zichzelf overwint, overwint alles.

⁂

Vader, in uw handen beveel ik
mijn Geest – maar ook al het andere.

⁂

Je kunt geen twee meesters dienen.
Je moet het pad van je eigen innerlijk
of het pad van de buitenwereld volgen.
Mijn pad is het innerlijke pad, wat is dat van jou?

⁂

Ik heb nooit gezegd dat het gemakkelijk zou zijn
om in mijn voetsporen te treden.
Ik heb gezegd dat het de moeite waard zou zijn!

❧

Dus jij wilt een zendeling van Christus zijn?
Hoe kun jij me helpen de verdwaalde schapen te vinden
als jij jezelf nog niet eens gevonden hebt?
Waarom heb jij het zo druk met het redden van
anderen wanneer jij mijn innerlijke leringen nog niet
geïnternaliseerd hebt?
Ga naar het binnenland voor je naar het buitenland
gaat!

❧

Leer van de parabel van de verloren zoon.
Zijn vader kon hem pas ontvangen,
toen hij besloot naar huis terug te keren.
Wanneer ben jij van plan
het pad naar je Vaders huis te volgen?

❧

En als iemand je dwingt één mijl met
hem mee te gaan,
loop dan twee met hem op.
Je weet nooit welke schulden je uit het verleden
nog kunt terugbetalen.
Die extra mijl lopen, brengt je dichter bij de hemel.

❧

Het Leven

Wat is de essentie van het leven?
In werkelijkheid ben je wie je bent.
In het hier en nu ben je
wie je denkt dat je bent.
Er zit momenteel een kloof
tussen wie je echt bent en
wie je denkt dat je bent.
De essentie van het leven is die kloof dichten.

—⟋⟍—

Het is meer gezegend om te geven
dan te ontvangen.
Geef aan de mens en ontvang van God.

—⟋⟍—

Aan hun vrucht herkent men ze.
Denk eraan dat ik nooit een boomgaard heb gehad.

—⟋⟍—

Volg mij en laat de doden de doden begraven.
Waar ik naartoe ga,
zijn geen begrafenissen nodig.

—⟋⟍—

Uw geloof heeft u behouden.
Omdat je door jouw twijfels in jezelf verdeeld raakte.

—ɷ—

Een huis dat tegen zichzelf verdeeld is,
blijft niet overeind.
Jouw huis is jouw geest. Houd het op een rijtje!

—ɷ—

De vijanden van de mensen
zijn hun eigen huisgenoten.
'Huisgenoten' is een ander woord voor gedachten.
Versla die vijanden in jezelf!

—ɷ—

Wie het leven vindt op deze tijdelijke
materiële wereld, kan het leven niet vinden
in de permanente wereld van de geest.

—ɷ—

Ieder mens zou met een kaartje op
geboren moeten worden:
"Kijk erin voor een gratis geschenk."
Het geschenk is het eeuwige leven.

—ɷ—

Je kunt je angsten niet meenemen naar de hemel.
Dus als je eraan toe bent,
laat mijn volmaakte liefde dan alle angst uitbannen.
Ik heb mijn liefde al in je hart gedeponeerd.
Je hoeft haar alleen maar te accepteren.

—ᴍ—

Vergeef zeventig maal zeven.
Destijds was dat heel wat.
Maar met de inflatie van tegenwoordig
kun je dat aantal maar beter verhogen.

—ᴍ—

Waarom is het zo moeilijk voor een rijke
om de hemel te betreden?
Veel rijke mensen zijn aan
hun bezittingen gehecht.
Deze gehechtheid, niet de rijkdom,
houdt je buiten de hemel.

—ᴍ—

Een intelligent mens
bouwt zijn huis niet op het zand.
De wijze beseft
dat het zand een ander woord voor 'materie' is.

—ᴍ—

LIEFDE

Liefde trekt aan, angst stoot af.
Dus als je bang voor God bent, waar blijf je dan?

Als je van me houdt, houd je dan aan mijn geboden.
Ik heb je maar één gebod gegeven – om lief te hebben.
Al het andere was commentaar.

Houd van iemand anders zoals ik van jou houd.
Mijn liefde is onvoorwaardelijk.
Voorwaarden houden je buiten de hemel.
Wees onvoorwaardelijk op aarde
en je brengt de hemel op aarde.

Eet mijn lichaam en drink mijn bloed.
Denk je dat ik tot kannibalisme heb aangezet?
Eet het 'lichaam' van mijn wijsheid en drink
het 'bloed' van mijn liefde.

Een mens bezit geen grotere liefde
dan zijn leven voor zijn vrienden te geven.
De grootste liefde van alles is je sterfelijke
leven te geven,
je sterfelijke identiteitsgevoel,
en het eeuwige leven
van het Christusbewustzijn te krijgen.
Je persoonlijke Christusschap is het beste cadeau
dat jij je echte vrienden kunt geven.

—\\\—

Denken jullie nu echt dat God me naar beneden
heeft gestuurd om jullie allemaal
een reusachtig schuldgevoel te geven?
Schuldgevoel zorgt er niet voor dat je
in de hemel komt.
Liefde wel!

—\\\—

Heb elkaar lief zoals ik jullie liefheb.
Daar zit geen uiterste
houdbaarheidsdatum op.

—\\\—

Gods liefde is onvoorwaardelijk.
Wanneer je de betekenis begrijpt
van 'onvoorwaardelijk',
ken je Gods liefde.

—✺—

Laat de kinderen tot mij komen en verbied het
ze niet. Kinderen benaderen
God onvoorwaardelijk.
Naarmate ze volwassen worden,
accepteren ze voorwaarden
en trachten zij zichzelf – en anderen –
in de vorm van een 'goed christen' te passen.
Ik zeg jullie waarachtig dat
tenzij je God benadert
met de onvoorwaardelijke geest van een kind,
je zijn koninkrijk niet betreedt.

—✺—

Heb je vijanden lief,
het opent je hart voor God.

—✺—

Het regent op de rechtvaardige en
onrechtvaardige mensen.
Gods liefde is onvoorwaardelijk.
Waarom blijven mensen maar
voorwaarden scheppen
waaraan ze moeten voldoen
voor ze Gods liefde kunnen aanvaarden?

—ɷ—

Hoed je voor de valse profeten
die in schaapskleren op je afkomen.
Sommige valse profeten zijn geestelijken
en hun sierlijke gewaden verbergen
hun boosheid op God.
Hoed je voor degenen die profeteren
dat ze mij volgen,
maar niet op het pad van onvoorwaardelijke
liefde zijn.
Aan hun subtiele woede herkent gij ze.

—ɷ—

DE BENADERING

Gezegend zijn de vredestichters. Dus
houd eindelijk eens op met ruziemaken
over hoe je mijn woorden moet interpreteren.

❧

Er zijn altijd twee benaderingen van religie geweest:
de benadering van buitenaf:
door doctrines of op de orthodoxe manier,
en de benadering van binnenuit:
spiritueel of mystiek.
Ik ben een mysticus, gisteren, vandaag en eeuwig.
Als je mij wilt volgen,
volg dan mijn benadering van religie.

❧

O gij, hypocrieten! Ik sprak tegen degenen
die religie van buitenaf benaderen.

❧

Zoekt en gij zult vinden.
Waarom zijn zoveel christenen bang
om verder te kijken dan orthodoxe doctrines?
Zijn ze bang dat ze misschien
mijn Levende Waarheid vinden en
opnieuw moeten nadenken over hun overtuigingen?

❧

Wat heb je eraan
als je iedere letter van de wet kent
en daarmee indruk maakt op de hele wereld?
Lijf de geest van de wet in
of je verliest je ziel!

❦

God behandelt iedereen hetzelfde.
Ik en mijn Vader zijn één.
Dus waarom denken zo veel christenen
dat ik meer respect voor hen heb
dan mijn andere broeders en zusters?

❦

Je kunt toch in de Bijbel lezen
hoe ik uitgevaren ben tegen degenen die de letter
van de wet aanbaden en
niet de geest van de wet bezaten?
Heb je dan geen spiegel?

❦

Als je zegt dat jouw religieuze doctrines
je alles vertellen
over wat je van God moet weten,
dan demonstreer je dat je niet
de realiteit van God ervaren hebt.
Waarom zou je jouw onwetendheid etaleren?

❦

Doe geen nieuwe wijn in oude zakken.
Daarom was ik geen orthodoxe jood.
Tegenwoordig zou ik geen orthodoxe christen zijn.

❦

De laatste keer dat ik kwam,
hebben de orthodoxe joden me vervolgd.
Zouden de orthodoxe christenen
me dan niet bij de tweede keer vervolgen?

❦

Ik ben geen fundamentalistische christen
Ik ben een fundamenteel ander
soort christen.

❦

Als je hart en geest gevuld zijn met doctrines,
hoe kan mijn Levende Waarheid er dan nog bij?
Geef me de ruimte en ik zal je vullen!

❦

Ik heb de grote massa met parabels onderwezen,
en nog steeds staan ze erop me letterlijk te nemen.

❦

Doctrines

Als je de weg gevolgd hebt
die de mens goed toe lijkt,
zou je dan willen dat ik het tegen je zeg?
Als dat zo is, lees dan de Bijbel met je hart
in plaats van je intellect.

※

Klant kijk uit!
De religieuze supermarkt ligt vol doctrines
die over de houdbaarheidsdatum heen zijn.
Zoek naar mijn Levende Woord!

※

Het was nooit de bedoeling dat
quotes uit de heilige boeken wapens zouden zijn
om je medemens af te troeven of te vernederen.

※

God geeft geen religieuze doctrines.
God geeft de spirituele waarheid,
waar mensen dan weer religieuze doctrines van maken.

※

Een goede religieuze doctrine is gerelateerd aan
de waarheid, zoals de maan aan de zon.
Ze kan iets reflecteren, maar iets nooit behelzen.
En dan hebben we het nog niet eens over
slechte religieuze doctrines.

☙

De mens zal niet van brood alleen leven,
maar door ieder woord dat uit
de mond van God komt.
Gods woord is het Levende Woord,
en dat kan nooit in een aardse doctrine
gevat worden.
Hoor het in je hart!

☙

De Bijbel is een geweldig boek.
Maar ik ben veel grootser dan welk boek ook.
Zet me niet gevangen in de Bijbel.

☙

Laat je niet door de blinden leiden.
Kijk verder dan hun dode doctrines
en volg mijn Levende Waarheid.

☙

Zoek in de Bijbel naar mijn uiterlijke leringen.
Zoek in je hart naar mijn innerlijke leringen.
Je hebt beide nodig om thuis te komen.

❧

De Bijbel is de versie van de Reader's Digest
van mijn ware leringen.

❧

Je kunt wel een paar innerlijke
leringen van mij in de Bijbel vinden,
maar alleen als je tussen de regels door leest.

❧

Geen enkele doctrine zou ooit
de volheid van God kunnen vangen.
Om die volheid te kennen, moet je
een uiterlijke doctrine alleen maar
als ladder gebruiken.
Je moet beseffen dat hoewel
je niet zonder ladder kunt klimmen,
de ladder zelf niet tot in de hemel reikt.

❧

Wee u wetgeleerden – en alle anderen
die mijn schapen met doctrines voeren
in plaats van inzichten.

❦

Een goede religieuze doctrine is net de maan.
Maar als je de maan volgt in plaats van de zon,
zie je nooit het licht van de nieuwe dag.

❦

Wie van jullie kan door nadenken
één el aan zijn lengte toevoegen?
En wie van jullie kan door een doctrine
in de buitenwereld te definiëren,
de realiteit van God veranderen?

❦

Kunnen mensen die de Bijbel lezen,
niet zien dat ik constant
tegen orthodoxe mensen inging?
Dus waarom blijven zoveel mensen
er dan zo op hameren
dat de orthodox christelijke doctrines de enige manier
zijn om mij te volgen?

❦

Er is een weg die de mens goed toe lijkt.
Het is verlokkelijk om een doctrine
buiten jou te volgen
in plaats van het inzicht binnenin jou te zoeken.

☙

Waarom maken zoveel mensen ruzie over
hoe ze een of andere passage in
de Bijbel moeten interpreteren? Ga naar je hart
en ontdek de innerlijke betekenis!

☙

Tenzij jouw gerechtigheid die van
de schriftgeleerden en farizeeën overtreft,
zal je het koninkrijk niet ingaan.
Bijbelkennis is geen vervanging voor
het Christusbewustzijn.

☙

RELIGIE

Er is maar één ware religie.
Dat is de religie van onvoorwaardelijke liefde.
Laat de rest maar zitten!

Waarom maken mensen ruzie over religie?
Als je eenmaal boven bent, maakt het niet meer uit
langs welke weg je bent gekomen.

Waarom zijn er zoveel christelijke kerken?
Eén zou genoeg voor me zijn:
de innerlijke kerk van het hart.

Er zijn meer dan genoeg religies
op de wereld.
Wat we echt nodig hebben,
is universele spiritualiteit.

Ik ben gekomen om mensen het universele pad
naar God te wijzen. Helaas heeft iemand
er weer een religie van gemaakt.

De sabbat werd voor de mens gemaakt,
de mens niet voor de sabbat.
De religie werd voor de mens gemaakt,
de mens niet voor de religie.

─ ⚬⚬⚬ ─

Het was de bedoeling dat religie een middel zou zijn
om de ziel te bevrijden,
niet een valkuil voor je geest.

─ ⚬⚬⚬ ─

Mijn huis zal een huis van gebed genoemd worden,
maar jullie hebben er een dievenhol
van gemaakt – door jullie waren te verkopen,
dode doctrines
waar de Levende Geest van Waarheid aan ontbreekt.

─ ⚬⚬⚬ ─

Waarom denk je dat ik iets tegen had op
de religieuze autoriteiten uit mijn tijd?
Ik ben gekomen om mensen te bevrijden van
mensen die zeggen dat je God enkel kunt vinden
door een religie van buitenaf.
Dus wat hebben ze gedaan met mijn leringen
over het innerlijke pad naar God?
Ze hebben er wéér een religie van gemaakt
Bevrijd je van deze leugen van de slang
en volg het pad in je eigen innerlijk!

Religie is geen vervanging voor spiritualiteit.

God is een onbeperkt, oneindig Wezen,
en God heeft geen menselijke behoeften.
Religie werd niet voor God bedacht.
Ze werd voor jou bedacht.
Gebruik religie niet om God te aanbidden.
Gebruik haar om God te vinden!

Liefde is een aantrekkingskracht,
niet een bindende kracht.
In tegenstelling tot wat zoveel religieuze
mensen zeggen, wordt Gods liefde royaal gegeven
aan allen die ervoor openstaan om haar te ontvangen.
Er zit niets achter.

———❧———

Er zijn geen religieuze fanatici in de hemel;
enkel de universele broederschap van liefde.

———❧———

De Wetenschap

Wetenschappelijk materialisme?
Dat is een interessante religie.

———

Een paar wetenschappers gaan wel naar de hemel.
Maar als ze weigeren te geloven
dat ze er echt zijn,
moeten we ze ergens anders heen sturen.

———

Wanneer ik zeg dat er een God bestaat,
zeggen de wetenschappers: "Bewijs het maar!"
Wanneer ze zeggen dat er geen God bestaat, zeg ik:
"Bewijs het maar!"
Tot ze dat zeggen, beëindig ik mijn pleidooi.

———

Of Darwin naar de hemel ging?
Nee, hij zoekt nog naar de ontbrekende schakel.

———

Het recht van de sterkste?
Zeker, maar wie bepaalt er wat sterk is?

———

Wat is de overeenkomst tussen
Einsteins relativiteitstheorie
en mijn Bergrede?
We kregen allebei hulp van Boven.

Waarom zou een willekeurig evolutieproces
wetenschappers opleveren die
overal orde in zien?

Natuurlijk is er natuurlijke selectie.
Maar wie heeft de natuur dan verteld
dat ze de sterksten moet selecteren?

Is Darwin naar de hemel gegaan?
Nog niet, hij probeert naar boven te evolueren.

Als het universum echt het resultaat is
van een volledig willekeurig proces,
waarom proberen wetenschappers
dan steeds maar
te voorspellen wat er hierna gaat gebeuren?
Laten we het erop wagen!

Dus op een dag besloot de chaos
orde op zaken te stellen?
Wie heeft dat bevolen?

Wat de overeenkomsten en verschillen zijn
tussen wetenschappelijk materialisten
en orthodoxe christenen?
Zelfde aanpak, verschillende conclusies.

Het recht van de sterkste?
De sterkste mensen zijn degenen
die luisteren naar
het Levende Woord van God.
Ken je Noach nog?

Wat is de overeenkomst
tussen het Bijbelverhaal van de schepping
en Darwins evolutietheorie?
Ze spreken beide mensen aan die
de realiteit van God
nog niet ervaren hebben.

Het Kwaad

De Duivel denkt dat hij in de hemel is.
Laat hem niet jou ook nog voor de gek houden.

❧

Bied geen weerstand aan het kwaad.
Wanneer je weerstand aan het kwaad biedt,
vecht je op menselijke kracht.
Wanneer je de andere wang toekeert,
vecht je op Gods kracht.

❧

Een man vond de waarheid.
Eerst was de Duivel ongerust.
Toen glimlachte hij en fluisterde
de man in het oor:
"Je hebt de enige waarheid gevonden,
ga haar nu maar op orde brengen!"

❧

Het kwaad heeft geen macht – tenzij
menselijke wezens het eraan geven.
Stop de geiten te voeren
en begin mijn schapen te voeren.

❧

God laat niet met zich spotten.
De gewelddadige mensen proberen de hemel
met geweld te nemen.
Sommige denken dat ze erin slagen,
maar ze slagen er slechts in de mensen
voor de gek te houden, God niet.
Laat je niet om de tuin leiden door mensen die
wonderen tevoorschijn toveren,
maar niet het wonder dat liefde is, bezitten.

❧

De goedheid van God kent geen tegenovergestelde.
Het kwaad dat mensen zien, is niet
het tegenovergestelde van God.
Het kwaad is het tegenovergestelde van
het relatief goede op deze wereld.
Daarom is het kwaad niet echt
en lijkt het geen macht te hebben.
Stop ermee het te voeden!

❧

Je gehechtheid aan dingen op deze wereld
zal je aan deze wereld binden.
Dus zorg ervoor dat de prins van deze wereld
niet aan dingen in jou gehecht raakt.

❧

De hel werd niet door God geschapen,
maar door degenen die van God willen weglopen.
God heeft nog nooit iemand naar de hel gestuurd,
omdat het een bewustzijnsstaat is.
Als je geest met het bewustzijn van
de hel resoneert,
zal jij ertoe aangetrokken worden.
Wil je de hel vermijden?
Laat dan die geest in je zijn die ook
in Christus Jezus was.
Je hebt mijn toestemming.

❧

God heeft nog nooit een slechte ziel geschapen.
Een ziel kan alleen iets slechts
doen uit onwetendheid.
Christusschap is het tegengif van onwetendheid.

❧

De school die Aarde heet, kent cycli.
Ik ben gekomen om een klas
met zielen te beoordelen
die zich heeft bezondigd aan het kwaad.
Hoe zit het met het kwaad
dat je tegenwoordig op de wereld ziet?
Oordeel zelf!

❧

Het goede nieuws over het kwaad?
Het kwaad is het resultaat van keuzes.
De sleutel om het kwaad te verwijderen
is betere keuzes maken. Kies voor het leven!

❧

God heeft de mensen vrije wil gegeven
en daarom kan hij het kwaad
niet weghalen van deze planeet.
Jij kunt geen kwaad van deze planeet verwijderen.
God in jou kan het kwaad van
deze planeet verwijderen.
Laat je Vader aan één stuk doorwerken,
en doe dat zelf ook!

❧

Geld is niet de wortel van al het kwaad.
De gehechtheid aan geld zorgt echter
voor veel kwaad.
De rest wordt veroorzaakt
door gehechtheid aan andere dingen.

❧

74

Het kwaad vloeit voort uit gehechtheid
aan dingen op deze wereld.
Gehechtheid vloeit voort uit onwetendheid.
Enkel een onwetend persoon houdt zich vast
aan deze wereld in plaats van royaal
het overvloedige leven te ontvangen.
De onwetenden geven een fortuin op
door aan een cent vast te houden.

❦

Jij zult ook in de verleiding gebracht worden
door de prins van deze wereld.
Hij biedt je een contract aan
dat de wereld aan je voeten legt,
terwijl hij er maar weinig voor terugvraagt.

❦

Lees de kleine lettertjes!

❦

God heeft je vrije wil gegeven.
Ik eerbiedig Gods wet.
Dus als je een contract met de Duivel sluit,
kan ik je pas helpen als je besluit dat
je niet langer aan dat contract gebonden bent.
Je kunt dat op elk moment beslissen.
Er is geen beter moment dan dit moment!

❦

Toen ze van de vrucht van de
kennis van goed en kwaad aten,
vervielen zielen tot een lagere bewustzijnsstaat.
Wanneer je gevangen zit in dit menselijke denken,
lijkt alles relatief.
Deze relativiteit is de basis voor iedere leugen
van de slang.
Zolang je vast zit in het menselijke denken,
is het moeilijk om door deze
relativistische logica heen te kijken.
Wanneer je de Christusgeest aanneemt,
wordt het relatief makkelijk.

Zonde

Zonde is het resultaat van een
onverstandige keuze.
Hoe kom je terug op een slechte keuze?
Je maakt gewoon een betere keuze.

※

Ik veroordeel u ook niet,
ga naar huis en zondig vanaf nu niet meer.
Vergeet het laatste deel niet!

※

Hij die zonder zonden is,
werpe de eerste steen.
Nog steeds niemand?

※

Zondigen betekent 'het doel missen'.
Veroordeel jezelf niet omdat je jouw
doel hebt gemist
bij de eerste poging.
Verbeter je doelwit en probeer het opnieuw!

※

De mensen hielden meer van het duister
dan het licht
omdat hun daden slecht waren.
Denk erom dat liefde een aantrekkingskracht is.
Waar je ook van houdt,
je zult het naar je toe trekken.

❧

Zeker, ik wil dat mensen ophouden te zondigen.
Maar wat is de oorsprong van zonde?
Dat je niet weet wie je bent.
Denk je dat ik een grapje maakte,
toen ik zei: "Ge zijt Goden?"

❧

Wanneer je zondigt, mis je jouw doel.
Als je een schot mist,
verbeter dan je doelwit en probeer het opnieuw.
De vraag is:
Probeer je het doel te raken
of schiet je blindelings?

❧

Ik ben niet gekomen om
de rechtvaardigen te roepen,
maar om zondaren berouw te laten tonen.
Tot een christelijke kerk behoren, maakt je niet
automatisch rechtvaardig.
Rechtvaardig zijn diegenen
van wie het hart overstroomt
van onvoorwaardelijke liefde.
Alle anderen kunnen maar beter berouw tonen.

❦

In Gods Geest bestaat er geen verband
tussen zonde en schuldgevoel.

❦

Natuurlijk wil ik dat je ophoudt met zondigen
omdat je, als je niet zondigt, eerder naar huis gaat.
Denk echter eens na over waarom mensen
zonde met schuldgevoel associëren.
Helpt schuldgevoel je om sneller naar huis te gaan,
of laat het je niet de moeite waard voelen om
mij te benaderen?
Laat mijn onvoorwaardelijke liefde
je schuldgevoel verteren, zodat we verder kunnen!

❦

Alles is energie.
Je gedachten,
gevoelens en acties veranderen de vibratie
van Gods energie.
Gods zuivere energie is liefde.
Elke willekeurige vibratie die onder die vibratie zit,
mist het doel en is zonde.
Je schuldig voelen omdat je gezondigd hebt,
voegt wat toe aan de zonde.
Accepteer gewoon Gods liefde
en laat haar al je zonden verteren.

Keuzes

Welkom in de lift van de planeet.
Naar boven of beneden?

∽

Of je nu denkt dat je het koninkrijk waard bent,
of dat je denkt dat je het koninkrijk niet waard
bent – je hebt gelijk!

∽

Maar één ding kan je van mij scheiden
en dat is jouw beslissing
om je van mij gescheiden te zien.
Neem een betere beslissing!

∽

Als je mij afwijst,
en mijn liefde afwijst,
dan moet ik gewoon wachten
tot je een betere beslissing neemt.

∽

Je werd ontworpen om
mede-schepper met God te zijn.
Je kunt niet ophouden met scheppen,
maar je kunt wel kiezen wat je schept.

❧

Toen de engel mijn geboorte aankondigde,
zei mijn Moeder:
"Laat mij naar uw wil geschieden."
Ben jij bereid de Christus
in je geboren te laten worden?

❧

Ik was het vleesgeworden Woord,
maar enkel omdat
ik daarvoor heb gekozen.
Jij kunt voor hetzelfde kiezen.
Doe je dat ook?

❧

Ik ben geen indringer,
Ik kom je leven alleen maar
binnen door een open hart.
Jij moet me uitnodigen om binnen te komen!

❧

Kies ervoor om te zijn,
en stop met kiezen om niet te zijn.

❦

Het is moeilijk voor je om ertegenin te gaan.
Laat de rivier van Gods liefde je
naar zijn koninkrijk meevoeren. Ga mee op de stroom!

❦

Ik heb Paulus niet gekozen –
Paulus heeft ervoor gekozen
om op mijn oproep in te gaan.
Ik kan jou niet kiezen – jij moet ervoor kiezen
aan mijn oproep gehoor te geven.

❦

Als ik omhoog geheven word,
zal ik iedereen
naar me toetrekken.
Je hebt echter vrije wil,
dus jij moet ervoor kiezen of je mij jou laat optillen.
Denk er alleen aan: ik trek voor jou.

❦

De aanvaardbare tijd is nu.
Om het koninkrijk te betreden,
moet je een beslissing nemen.
Gisteren is geweest.
Het is nog geen morgen.
Alles wat er overblijft, is het nu.
Vroeg of laat moet je een besluit nemen
in het huidige moment.
Dus waarom dan nu niet?

∾

Discipel

Ik heb de grote massa met parabels onderwezen.
Ik heb de diepere betekenis aan
mijn discipelen uitgelegd.
Wanneer zonder jij je af van de massa
en kies je ervoor mijn discipel te zijn?

☙

Velen worden geroepen,
slechts weinigen worden uitverkoren.
Zo weinig mensen kiezen ervoor
de innerlijke oproep te volgen.

☙

Wees dus volmaakt,
zoals je hemelse Vader volmaakt is.
Hoe kun je volmaakt zijn?
Volg mijn voorbeeld tot jij ook kunt zeggen:
"Ik en mijn Vader zijn één!"

☙

Ik ben niet gekomen om vrede te brengen,
maar het zwaard.
Gebruik het zwaard van Christus om het echte
van het onechte te scheiden en je zult vrede vinden.

❧

Laat jullie netten vol gehechtheden
achter op deze wereld
en ik zal jullie tot vissers van zielen maken.
We zullen beginnen die van jou te vangen.

❧

De dagen worden gekort voor de uitverkorenen.
Kies ervoor om bij hen te horen!

❧

Jullie zijn niet gescheiden van God;
jullie denken alleen maar dat jullie
van God gescheiden zijn.
Hou op met denken
en accepteer zijn Aanwezigheid in jou.

❧

Planeet Aarde is een klaslokaal.
Helaas zien de meeste mensen zich
als slachtoffer in plaats van leerling.
Wat heb je liever: een slachtofferervaring
of een leerervaring?

✽

Toen ze alleen waren,
legde hij alles diepgaander uit aan zijn discipelen.
Ik neem nog steeds discipelen aan.
Wanneer jij en ik alleen zijn in je hart,
vertel ik je alles.

✽

Ik heb de grote massa met parabels onderwezen,
maar mijn discipelen alles verteld.
Kies ervoor mijn discipel te zijn en stel je hart open
voor mijn innerlijke lering.

✽

In een bedrijf op de wereld kun je misschien beginnen
als arbeider
en je opwerken tot directeur.
In het bedrijf van God, zijn de rangen als volgt:
discipel,
broeder/zuster,
en daarna Christus.
Christus is gewoon een ambtenaar met
een hoge rang in Gods bedrijf.
Als je bereid bent ervoor te werken,
kun jij ook die titel verdienen.
En dan kun je overplaatsing aanvragen
naar het hoofdkantoor.

✿

Ieder die vraagt, ontvangt en ieder die
zoekt, vindt. Ieder gebed wordt beantwoord,
maar velen zien het niet. De aarde is een klaslokaal
en je krijgt misschien niet precies waar je om vraagt.
Je ontvangt wat je helpt om je lessen te
leren: niet wat je op je gemak laat voelen.
Zoek de les en kies voor groei
in plaats van comfort!

✿

Leraar

Als niemand in mijn voetsporen durft te treden,
heb ik als leraar gefaald.

———

Planeet Aarde is een klaslokaal.
Ik ben de leraar. Jij bent de student.
Kan de leraar de les voor de student leren?
Dus waarom verwacht je dan dat ik je red?

———

Wat denk je wat ik heb bedoeld toen ik zei:
"Volg mij?"
Waarom ben je me dan niet gevolgd
naar het Christusbewustzijn?

———

Ik en mijn Vader zijn één.
Kom er ook bij!

———

Het is mijn allergrootste verlangen
om je de volheid te zien erkennen van wie je bent
als spiritueel wezen, in plaats van het
beperkte, sterfelijke menselijke wezen dat
je momenteel denkt te zijn.
Laat me je tonen wie je echt bent!

———

Het ergste wat er kan gebeuren
met een spirituele leraar,
is dat hij tot een afgod verheven wordt
die niemand durft te volgen.
Haal me alsjeblieft van dat kruis af.

———

Ik ben niet een veeleisende Meester.
Geef me simpelweg je sterfelijke leven en
identiteitsgevoel
en ik geef je dan het onsterfelijke leven
en je spirituele identiteit.
Wat een koopje!

———

Ik ben gekomen, opdat allen
het overvloedige leven zouden krijgen.
Tot je de Innerlijke Christus hebt gevonden,
heb je geen leven.
Pas als je die Christus tot uitdrukking brengt,
ontvang je overvloed.

***

Als iemand bij mij komt en niet zijn vader,
en moeder, en vrouw, en kinderen, en broers,
en zussen, ja, zijn eigen leven haat,
kan hij niet mijn discipel zijn.
Pas als je niet gehecht bent
aan de dingen op deze wereld,
kun je mijn discipel zijn.
Waarom willen zoveel christenen me dan beslist
zien als een meester die je een goed gevoel geeft?
Die indruk heb ik niet gegeven.
Dus waar komt het dan vandaan?

***

Een paar discipelen haalden tweeduizend jaar geleden
mijn lichaam van het kruis.
Ik wacht nog op mijn andere discipelen
om mijn leringen van het kruis te halen
en me naar huis te volgen.

***

Ik wilde dat je, of heet, of koud was.
Degenen die heet zijn,
rennen naar het koninkrijk.
Degenen die koud zijn,
rennen van het koninkrijk weg,
maar toch kun je ze tot inkeer brengen.
Helaas kan niemand degenen redden
die de kat uit de boom kijken
en weigeren om ook maar een stap te doen.
Haal die kat uit de boom!

KRUISIGING

Als jij je kruis niet opneemt,
hoe kan ons pad zich dan kruisen?

⁘

Laat me eens kijken of je dit begrijpt:
Christenen denken dat aan het kruis sterven
belangrijker is dan de dood overwinnen?
Komt het daardoor dat ze me nog steeds
aan het kruis zien hangen,
terwijl ik mezelf in het koninkrijk zie?
Waar hang jij rond?

⁘

Ik hing maar een paar uur aan het kruis.
Waarom denken mensen dat dit het allerbelangrijkste
was dat er met me gebeurd is?

⁘

Als jij je op mijn kruisiging concentreert,
nagel jij jezelf aan het kruis. Als jij je op mijn
wederopstanding richt, kom je bij mij in het koninkrijk.
Waar ben je liever?

⁘

Als het even kan,
laat deze beker dan aan me voorbijgaan.
Niettemin niet mijn wil maar de uwe geschiede.
Jij moet hetzelfde zeggen
wanneer de krachten van deze wereld je komen
kruisigen.
Loop nooit weg voor Gods wil,
want zijn wil moet je thuisbrengen.

———

Waarom maken christenen zich zo druk over
mijn lijden aan het kruis?
Ik hang niet meer aan het kruis.
Het kruis symboliseert het leven op aarde.
Haal elkaar van het kruis af!

———

Verlossing

Laat me eens zien of ik dit begrijp:
Mensen denken dat ze het leven kunnen leiden
dat hen belieft en op hun sterfbed belijden ze mij
als hun Heer en Verlosser.
En op dat moment
moet ik zogenaamd verschijnen,
als een geest uit een lamp,
en ze ogenblikkelijk verlossen.
Ik herinner me niet dat ik iets heb gezegd
over zo'n verlossing.
Maar ik heb het wel gehad over de manier
die de mens goed toe lijkt.

⸺⁓⁓⸺

Ik ben de Verlosser
en ik kan je verlossing garanderen.
Maar alleen als je ervoor kiest in mijn
voetsporen te treden en de Christus te worden.

⸺⁓⁓⸺

De dienaar is niet groter dan de Heer.
Dus waarom prefereren mensen dan
religieuze doctrines boven de waarheid ?
Kunnen doctrines je redden?

⸺⁓⁓⸺

95

Verlossing wordt iedereen als geschenk aangeboden.
De sleutel tot verlossing is niet
het aanbieden van het geschenk.
Het is het aanvaarden van het geschenk.

— ∿ —

Ze hebben mijn lichaam van het kruis gehaald.
Haal nu mijn leringen van het kruis
en volg mij.

— ∿ —

God redt degenen die zichzelf redden.
Dit is geen drukfout.

— ∿ —

Wees daarom volmaakt,
zoals de hemelse Vader volmaakt is.
Laat de Vader volmaakt in jou zijn!

— ∿ —

God helpt degenen die zichzelf helpen.
Als God niet degenen kan redden,
die niet bereid zijn zichzelf te redden,
waarom denk je dan dat ik het wel kan?

— ∿ —

God heeft je vrije wil gegeven,
dus hoe kan ik je tegen jouw zin redden?
Mens, red uzelf!

※

Degene die heeft, zal nog meer gegeven worden.
God heeft je unieke talenten gegeven.
Vermenigvuldig ze!

※

Ik weet dat je in een gemechaniseerde maatschappij
bent opgegroeid en denkt dat je alles kunt bereiken
door op de juiste knop te drukken.
Maar verlossing is niet een kwestie van
op knoppen drukken.
Het is een kwestie van keuzes maken!

※

God helpt degenen die zichzelf helpen.
Zoveel mensen denken dat God of ik
ze in moeilijke tijden wel zal redden.
Vraag jezelf toch eens af:
"Waarom moest Noach een ark bouwen?"

※

Er is geen automatische verlossing.
Denk erom dat degenen die je dat beloven,
zelf nog niet gered zijn.
Dominee, red jezelf.

———~///~———

DE ZOON

Waarom werd ik in nederige
omstandigheden geboren?
Omdat God je wilde bewijzen
dat je, zelfs als je van onderaf begint,
de weg naar de top wel kunt bereiken in zijn bedrijf.

Ik ben de Prins van Vrede.
Ik kom geen vrede te brengen, maar het zwaard.
Wanneer je de echte betekenis van 'zwaard' begrijpt,
vind je innerlijke vrede.

Petrus herkende in mij
de gepersonifieerde Christus.
Maar toen het erop aankwam in mijn voetsporen
te treden, ontkende hij toch drie keer dat hij me kende.
Volg mij – niet Petrus!

Het Christusschap is niet voor iedereen,
enkel voor degenen die het willen.

Waarom noemt ge me goed,
niemand is goed behalve God.
De dienaar is niet groter dan zijn Heer.
Dus waarom staan christenen er dan op
mij gelijk te stellen aan God?
Ik ben slechts een nederige dienaar.

Want hij sprak ze toe als iemand met
gezag en niet zoals hun schriftgeleerden.
Geen enkele titel in de buitenwereld
en hoeveelheid Bijbelkennis kan je gezag geven.
Het enig ware gezag is de Innerlijke Christus.
Luister daar naar!

Ik ben geen christen. Ik ben de Christus.
Volg mijn voorbeeld!

Waarom hebben de orthodoxe mensen mij gedood?
Omdat ik de allergrootste
spirituele revolutionair was.
Ik ben nog steeds de allergrootste spirituele
revolutionair
die probeert de gevangenismuren
van de orthodoxie naar beneden te halen.
Doe mee aan mijn revolutie!

Ik kom geen vrede op aarde brengen,
maar het echte van het onechte,
de Christus van de antichrist, scheiden.
Laten we maar beginnen met jouw overtuigingen over
mij!

Ik accepteer dat ik een zoon van God ben
en daarom ben ik hierboven.
Jij accepteert nog niet
dat je een zoon of dochter van God bent,
en daarom zit jij daar nog steeds beneden op aarde.

Waar twee of drie verenigd zijn in mijn naam...
Herhaling van mijn naam uit sleur is niet voldoende.
Kom bijeen in de innerlijke geest van Christus
en ik ben in jullie midden.

Als je enkel in de Bijbel naar mij op zoek gaat,
ontdek je enkel de Jezus
die in de Bijbel staat.
Als je mij in je hart zoekt,
ontdek je de echte Jezus.

Niemand komt tot de Vader
dan door het Christusbewustzijn dat IK BEN.

Ik geef iedere dag engelen bevelen.
Probeer het ook eens en zie of het voor jou werkt!

Ik, de Innerlijke Christus,
ben de eerste en de laatste – en alles ertussenin.
Heb ik nog iets weggelaten?

Ik ben altijd bij je,
en ik ben vandaag bij je.
Ik wacht alleen maar op het moment dat je
Mijn Aanwezigheid in je (h)erkent.

Zo veel mensen noemen zich christen,
maar toch hebben ze me in
een mentaal kader gezet
dat me apart van hen plaatst.
Ze denken dat ik zo ver boven ze sta,
dat ze mij onmogelijk kunnen bereiken,
laat staan in mijn voetsporen treden.
Toch ben ik je broeder
en ik kwam een pad tonen
dat iedereen kan volgen.
Ik ben bereid een persoonlijke
relatie met je te hebben.
Ben jij bereid een persoonlijke relatie
met mij te hebben?

Ik heb mezelf soms
de 'Zoon des Mensen' genoemd
en soms de 'Zoon van God'.
Velen zijn daardoor in de war,
alleen maar omdat ze niets begrijpen van
de bedoeling van mijn missie.
Ik kwam aantonen dat de Zoon des Mensen,
door de Innerlijke Christus te omarmen,
de Zoon van God kan worden.

De Enige Zoon

Ja, ik ben de zoon van God.
Dus waarom denk je dat ik
jullie mijn broeders en zusters noem?

✑

Kijk omhoog naar de nachtelijke lucht
en stel jezelf de volgende vraag:
"Als God zoveel sterrenstelsels geschapen heeft,
waarom zou hij dan maar één zoon scheppen?"
Daar kan ik niet bij!

✑

Zonder hem is niets ontstaan
van wat ontstaan is.
Als ik echt de enige Zoon van God was,
waar zijn jullie dan vandaan gekomen?

✑

Als ik echt de enige zoon van God was geweest,
had ik jullie dat wel verteld.

✑

Ik ben gekomen om mensen te bevrijden.
Het verkeerde beeld van mij als uitzondering,
in plaats van als voorbeeld om na te volgen,
helpt mensen nog meer gevangen te zetten
dan ze al waren voor ik kwam.
Denk je dat ik gekomen ben
om mijn leven hiervoor te geven?

∽

Om de val van Eva te veroorzaken,
hoefde de slang maar één ding te zeggen:
"Gij zult helemaal niet sterven."
Om de val van de meeste christenen te veroorzaken,
is één zinnetje nog steeds genoeg:
"Jezus was de enige Zoon van God."

∽

De eniggeboren Zoon van God
is de universele Christusgeest.
Ik heb me verenigd met die geest.
Jij kunt ook deze geest in jou laten zijn.

∽

Dit is mijn geliefde Zoon
in wie ik welbehagen heb!
Jij zult deze woorden ook horen
wanneer je het Christusbewustzijn bereikt.

∽

GOD

Zonder hem is niets ontstaan
van wat ontstaan is.
Je bent een deel van God.
Een deel van God
kan niet los van God staan.

༄

Niemand kent de Vader behalve de Zoon.
En de Zoon zit in jou.
Omarm de Innerlijke Christus!

༄

God is niet een God van de doden, maar van de
levenden. Kies voor het leven.
De Innerlijke Christus is de bron van het leven.

༄

God helpt degenen die zichzelf helpen.
Vraag en je zult ontvangen – het inzicht
hoe je moet manifesteren waar je om vraagt.

༄

Het koninkrijk van God zit in jou.
Volg niet de wetgeleerden
die weigerden naar binnen te gaan.
Laat ze hun dode doctrines begraven
terwijl jij naar de Innerlijke Waarheid reikt.

～

Geen mens kan God zien – en doorgaan
als mens te leven.

～

Heb God lief met heel je hart.
Alles wat je naar God zendt,
wordt vermenigvuldigd en teruggezonden.

～

Volg niet blindelings uiterlijke doctrines.
Volg Gods Wet
die in je innerlijk geschreven staat.

～

God is een Geest, en wie hem aanbidt,
moet hem in geest en in waarheid aanbidden.
Nutteloze herhalingen en de interpretatie
van uiterlijke doctrines krijgen dat niet voor elkaar.
Laat de Geest in je vrij!

∞

Je kunt God en Gods Waarheid
niet kennen door intellectuele kennis.
Je kunt God enkel kennen door een directe,
innerlijke ervaring, waardoor God zich aan jou
openbaart.

∞

Het is gemakkelijk om een pact met
de Duivel te sluiten,
omdat hij iets van je wil.
Je kunt niet met God onderhandelen,
omdat God alles van zichzelf aan jou wil geven.

∞

God is de Schepper.
Hij houdt nooit op met scheppen.
Dus waarom denken mensen dan
dat hij tweeduizend jaar geleden
ophield met spirituele leringen scheppen?
Ontdek het nieuwe evangelie voor de nieuwe dag!

～

Vermenigvuldig je talenten, zodat God kan zeggen:
"Je bent getrouw geweest in weinig dingen,
Ik zal je tot heerser maken over vele."
Gods vermenigvuldiging staat
in evenredige verhouding
tot je eigen. Begraaf je talenten niet!

～

God is oneindig. Waarom proberen mensen
de oneindige God in een eindige religie te passen?
Kan de maan de zon bevatten?

～

Gij zult geen andere Goden voor mij hebben!
Waarom klemmen mensen zich vast
aan een afgod buiten hen
wanneer ze naar binnen kunnen gaan en
de echte God ervaren?
Accepteer geen vervangingen!

～

Sommigen zeggen dat God in
de hemel is en niet op aarde.
In werkelijkheid is
God alomtegenwoordig.
Toon me een plaats waar je
de alomtegenwoordige God niet vindt!

⁂

God houdt niet van instantpap
of een instantschepping.
Hij houdt ervan om zijn
schepping te zien evolueren.

⁂

God schiep jou naar zijn beeld.
Toen jij je oorsprong vergat,
schiep je een afgod van God naar het
beeld van de mens.
Laten we nu weer bij het begin beginnen!

⁂

Gij zult u geen gesneden beeld maken.
God heeft de wereld van vorm geschapen,
toch staat God boven alle vormen.
Als je denkt dat een beeld op deze wereld God is,
hoe ontdek je dan de God
die boven alle vormen staat?
Kan er een vorm zijn die het vormloze
kan vastleggen?

WAARHEID

God verleent geen patenten.
Geen enkele religie heeft ooit patent
op de waarheid gekregen.

⚬━✛━⚬

En ge zult de waarheid kennen
en de waarheid zal u bevrijden.
Vind de vrijheid door je hart te openen
voor de Innerlijke Waarheid.

⚬━✛━⚬

Wat is waarheid?
Je kunt de waarheid niet kennen.
Je kunt ervoor kiezen de waarheid te zijn
of je kunt ervoor kiezen
om niet de waarheid te zijn.
Kies wat je wilt zijn!

⚬━✛━⚬

Scheiding van kerk en staat?
Goed idee, maar denk erom dat
als je voeten in twee verschillende richtingen lopen,
je nergens komt.

⚬━✛━⚬

Wanneer je gevangen zit in het drijfzand
van het menselijke denken,
lijkt alles relatief.
Wanneer je op de rots van de Christusgeest staat,
zie je de absolute waarheid.
Alles is een kwestie van perspectief,
maar niet alles is relatief.

⚬—✦—⚬

De menselijke geest is in staat om absoluut alles
te onderzoeken en te betwijfelen.
De Christusgeest heeft de vaardigheid
om de waarheid te kennen.
Gebruik haar om twijfel te overwinnen.

⚬—✦—⚬

En het licht scheen in het duister;
en het duister heeft het niet begrepen.
Wanneer je met de Christusgeest ziet,
zal je hele lichaam gevuld zijn met licht.
Dan begrijp je het spirituele licht dat
in de duisternis van deze wereld schijnt.

⚬—✦—⚬

Ik ben de Waarheid.
Dat betekent niet dat ik de waarheid bezit.
De Waarheid bezit mij.

―――

Zonder visie komen de mensen om.
Als je lamp helder is...
Ontwikkel de op één doel gerichte visie
van de Christusgeest
en je zult niet omkomen, maar eeuwig leven
in het Licht van Christus.

―――

Voeg aan alles wat je krijgt, inzicht toe.
Waarachtig inzicht komt van binnenuit.

―――

Menselijke wezens zitten gevangen in een jungle
van leugens en foutieve overtuigingen.
Ik ken de werkelijkheid van God.
Het probleem is dat ik,
om het over te brengen op jou,
moet beginnen op jouw huidige
bewustzijnsniveau.
Jij moet de lat hoger leggen.

―――

Ik wil dat mijn volgelingen het zout der aarde zijn.
Helaas klampen veel christenen zich vast
aan uiterlijke doctrines
en heeft het zout haar smaak verloren.
Ga naar binnen en eet van het
Zout des Levens, mijn Levende Waarheid!

De Wederkomst

Ik ben de Weg. Als je die weg niet
zou kunnen volgen,
waarom zou ik hem dan aan je getoond hebben?
Dus hou op me te aanbidden
en treed in mijn voetsporen.

◦─┼─◦

Zoveel christenen wachten nog steeds
op mijn wederkomst.
Als ze maar in hun hart hadden gezocht,
dan zou ik al bij ze gekomen zijn.

◦─┼─◦

Ons kent ons.
Dus als jij niet de Christus wordt,
hoe kun je me dan herkennen wanneer ik terugkom?

◦─┼─◦

Toen ik kwam als de enige Christus,
hebben ze me snel gedood.
Dus deze keer wil ik dat we met duizenden zijn.
Doe mee!

◦─┼─◦

Heb ik niet gezegd dat als je in mij gelooft,
je de werken zult doen die ik heb gedaan?
Laten we ons nu eens voorstellen
dat ik mensen een pad kwam tonen
dat ze ook kunnen volgen. Hoe zou je
voor de duivel dan mijn voorbeeld vernietigen?
Wat denk je van mij de ENIGE Zoon van God
noemen?

Eén Christuswezen is gewoonweg niet genoeg
om een hele planeet te redden.
Durf in mijn voetsporen te treden.
Ik heb mijn rol al gespeeld
op het toneel dat Aarde heet.
Nu is het jouw beurt.

Het Innerlijke Pad

Er is een weg die de mens goed toe lijkt,
maar waarvan het eind de weg naar de dood is.
De verkeerde manier is het geloof
dat je me enkel kunt bereiken door iemand of iets
buiten je.

Tenzij je net een klein kind wordt,
kun je niet die gemoedsgesteldheid krijgen
die tot het eeuwige leven leidt.

De Geest bezielt je.
Het intellect krijgt je niet in de hemel.

Het koninkrijk van God zit binnenin jou.
Dus waarom blijven mensen dan volhouden
dat je het koninkrijk alleen maar
door uiterlijke doctrines kunt vinden?
Volg de stem van je innerlijk!

Paulus zei dat je de oude mens moest afleggen
en de nieuwe mens aantrekken.
Leg de oude mens van je menselijke zelf af
en trek de nieuwe mens van je Christuszelf aan.

Herinner jij je de steen die de metselaars weggooiden?
Laat jouw Innerlijke Christus
de belangrijkste hoeksteen zijn
voor al je bouwprojecten.

Scheid de schapen van waarachtige overtuigingen
van de geiten van verkeerde overtuigingen.
Voer de schapen. Jaag de geiten weg.

Zoek eerst het koninkrijk van God.
Het koninkrijk van God is een bewustzijnsstaat.
Waarom denk je dat ik heb gezegd:
"Het koninkrijk van God zit in je?"

Let erop dat geen mens je bedriegt.
En vergeet de innerlijke 'mens' niet
die jou wil houden op de plek
waar hij zich op zijn gemak voelt.
Wees bereid om je niet op je gemak te voelen.
Maak de vijand in je af
en je zult de waarheid vinden.

Als mensen je beschuldigen,
omdat je het innerlijke pad volgt,
denk dan niet aan wat jij zult zeggen.
Concentreer je op jouw hart
en laat mij door jou heen spreken.

Onderhoud de lampen van je geest en je hart.
De bruidegom komt bij je hart binnen.

Paulus heeft gezegd: "Ik sterf dagelijks."
Laat een deel van je menselijke zelf dagelijks sterven
en je zult je Christuszelf vinden.

Innerlijke Leringen

Het was de bedoeling dat mijn uiterlijke leringen
een hulpmiddel zouden zijn om je ziel te bevrijden.
Laat ze geen val worden
die je geest gevangen zet.

Het verbaast me dat iemand
mijn leringen in het Nieuwe Testament kan
bestuderen
en dan concluderen dat de enige kans op verlossing
via een organisatie in de buitenwereld
en uiterlijke doctrines is.
Heb ik niet gezegd dat
het koninkrijk van God binnenin jou zit?
Dacht je dat ik maar een grapje heb gemaakt?

Het koninkrijk der hemelen
ligt binnen handbereik
en die hand wijst naar je hart.
Zoek het koninkrijk in jezelf!

IK BEN de Weg.
De IK BEN in mij is de Weg.
De IK BEN zit ook in jou.
Laat me je tonen hoe je de IK BEN kunt zijn.

Door je woorden zal je geoordeeld worden.
Schreeuw mijn boodschap van de daken,
maar wees er zeker van dat je
mijn innerlijke leringen kent voor jij
je mond opendoet.
Een dode doctrine herhalen
doet geen recht aan ons beiden.

Hemel en aarde zullen voorbijgaan,
maar mijn woorden gaan niet voorbij.
Ze staan geschreven in het eeuwige deel
van je wezen.
Zoek ze binnenin jezelf.
Zoek ze in je Christuszelf.

De sleutel om het koninkrijk
der hemelen in te gaan,
is het identiteitsgevoel overwinnen
dat ervoor zorgt dat je gelooft
dat je een sterfelijk menselijk wezen bent
dat van God gescheiden is.

Bouw je identiteitsgevoel
op de rots van het Christusbewustzijn
in plaats van op het drijfzand
van het menselijk bewustzijn op.

Waarom denk je dat een parabel
letterlijk opgevat moet worden?
Lees tussen de regels door!

IK BEN de Weg, de Waarheid en het Leven.
De IK BEN in jou is de weg
die je bij de waarheid brengt,
die je het eeuwige leven geeft.
Wees de IK BEN in actie!

Ik wil graag zien dat jij je ware identiteit
als onbegrensd spiritueel wezen accepteert
die gemakkelijk Gods perfectie kan creëren
net zoals je de menselijke imperfectie schept
van je huidige ervaring.

Laat degenen die oren hebben,
mijn innerlijke leringen in hun hart horen.

Volg mijn uiterlijke doctrines op,
maar enkel tot waar ze je kunnen brengen.
Luister daarna naar mijn innerlijke stem in je hart,
omdat ik je roep om hogerop te komen.

De verboden vrucht
was de vrucht van de kennis van
relatief goed en kwaad.
Je leeft in een wereld
waarin alles relatief is.
Enkel de Christusgeest kan je helpen
verder dan de relativiteit te zien.
Negeer hem eens als je durft.

Als je echt je leven wil verbeteren,
kies dan welke meester je wil dienen.
Dien je de tiran van het menselijke denken,
of dien je de echte Meester
van de Christusgeest?

Een spirituele lering wordt altijd gegeven aan
mensen in een bepaalde bewustzijnsstaat,
maar kan op vele andere bewustzijnsniveaus
begrepen worden. Naarmate je in bewustzijn stijgt,
ontdek je nieuwe betekenissen
die verborgen zitten tussen
de regels van de oude lering.
Kijk nog eens naar mijn oude lering
en vind de verborgen schatten!

Het koninkrijk van mijn lering zit in je.

DE INNERLIJKE CHRISTUS

Er is maar één poort naar God,
en dat is een bewustzijnsstaat
die ik kwam toelichten en bewijzen.
Dat is het Christusbewustzijn.
Ga ernaar op zoek en je zult mij vinden.

❧

Zijt gij degene die zou komen,
of moeten we iemand anders zoeken?
Ik was de Christus
die tweeduizend jaar geleden is gekomen.
Zoek vandaag naar de komst
van Christus in je hart.
Er komt misschien wel geen andere.

❧

In je ziel zit de open deur
die niemand kan sluiten.
Die deur is je potentieel
om het Christusbewustzijn te manifesteren.
Omarm je Christuszelf.

❧

Een slechte en overspelige generatie
zoekt naar een teken. Gezegend zijn degenen
die niet naar uiterlijke tekenen zoeken,
maar toch de waarheid in hun hart kennen.
De Innerlijke Christus is een teken des tijds.

⁂

Durf naar mijn innerlijke boodschap te luisteren.
Durf verder te kijken dan de cultus van afgoderij
die rondom mijn persoon is opgebouwd.
Durf in mijn voetsporen te treden.

⁂

Mijn vriend, ik wil niet
dat je een goed christen bent.
Ik wil dat je een Christus bent.

⁂

Weet je nog dat Petrus drie keer heeft gezegd
dat hij me niet kende?
Als jij niet jezelf accepteert
als de belichaamde Christus,
zeg je dat je de Christus in jou niet kent.
Zeg niet dat je me niet kent!

⁂

Toen ik zei dat ik de Christus was,
schreeuwden ze dat het godslastering was.
Als je in mijn voetsporen durft te treden,
schreeuwen ze opnieuw dat het godslastering is.
Hun geschreeuw heeft mij niet tegengehouden;
laat het jou ook niet gebeuren!

⸎

God heeft niet de ellende op aarde geschapen.
Menselijke wezens hebben dat gedaan, omdat
ze tot een lagere bewustzijnsstaat vervielen.
De enige oplossing die mogelijk is,
is naar een hogere bewustzijnsstaat stijgen,
namelijk het Christusbewustzijn.

⸎

Toen hij één parel vond die heel duur was,
verkocht hij alles wat hij had en kocht hem.
Het Christusbewustzijn is de parel
die heel kostbaar is.
Verkoop alles en zorg dat je hem krijgt!

⸎

Ziedaar, een groter mens dan Salomo is hier.
De Innerlijke Christus is groter dan ieder mens,
waaronder ikzelf.

❧

Te zijn of niet te zijn?
Kies je ervoor de Christus te zijn
die je waarachtig bent,
of kies je ervoor om niet die Christus te zijn?
Dat is de enige vraag.

❧

Als mensen niets zouden zeggen,
zouden de stenen het nog uitschreeuwen.
Als mensen niet de Christus
in hun midden verkondigen,
zal de materie zelf de Innerlijke
Christus verkondigen.
Wees niet bang om de Christus in jou op te eisen
en te verkondigen!

❧

Ik wil dat je de Christus beneden bent,
zoals ik de Christus Boven ben.
Wees hier beneden alles wat je Boven al bent.

❧

Je Christuszelf is het roer van je schip.
Vind hem voor je
door de wind heen en weer geslingerd wordt.

❧

Alles is door hem ontstaan en zonder hem
is niets ontstaan van wat ontstaan is.
Hoe zou God ooit iets kunnen scheppen
wat anders was dan hij?
Dus hoe kun je dan zeggen dat het godslastering is
wanneer je zegt dat je
een zoon of dochter van God bent?

❧

Je schept door middel van de kracht van je
aandacht. Richt jij je op onvolmaakte beelden,
dan ervaar je onvolmaakte
omstandigheden. Richt jij je op God,
dan ervaar je Gods volmaaktheid.
Het leven is echt heel simpel!

❧

God kan inderdaad alle problemen
op aarde oplossen,
maar dat kan hij alleen
door zijn zonen of dochters doen. Eis je
geboorterecht op en laten we deze planeet schoonmaken.

❦

Ik ben een individualisatie van God.
Jij bent een individualisatie van God.
Ik accepteer wie ik ben.
Jij accepteert nog niet wie jij bent.
Maar toch is het enige verschil
tussen jou en mij een beslissing.

❦

Stel je eens voor wat er gebeurd zou zijn
als ik destijds geweigerd had
de gepersonifieerde Christus te zijn.
Wijs de oproep aan jou om tegenwoordig
de gepersonifieerde Christus te zijn, niet af!

❦

Wie is die 'innerlijke man van het hart'?
Dat is de innerlijke Christus.
Als jij je verloren voelt, ga dan naar binnen
en vind jezelf – vind jouw Christuszelf.
Hij sprak door mij toen ik zei:
"Geen mens komt tot de Vader
dan door mij."

Het allergrootste succes van een spirituele leraar
is dat een paar van zijn studenten
hetzelfde bewustzijnsniveau als de leraar bereiken.
Ik reken op jullie!

Je Christuszelf zit je achterna
als de Hond van de Hemel.
Houd op met rennen en omarm je Zelf.

Nieuwe Leringen

Het verbaast me zeer
dat sommige mensen serieus kunnen geloven
dat de leringen die ik tweeduizend jaar geleden
heb gegeven, de ultieme of allerhoogste leringen
vertegenwoordigen die God ooit naar deze planeet
zou kunnen brengen.

❦

De Bijbel zegt dat, als alles wat ik heb gedaan
of gezegd, opgeschreven zou moeten worden,
de wereld niet de boeken zou kunnen bevatten
die er dan geschreven zouden moeten worden.
Dus waarom blijven de mensen dan volhouden
dat de Bijbel ze alles kan vertellen
wat ze over mij zouden moeten weten?

❦

Als je een uiterlijke vorm als God definieert,
hoe kun je dan ooit de echte God kennen
die boven de vorm staat?
Laat dat gouden kalf achter je en volg mij.

❦

Aan degenen die luisteren, zal nog meer
gegeven worden.
Waarom blijven sommige mensen maar
eraan vasthouden
dat ik tweeduizend jaar geleden ben opgehouden
tegen mijn discipelen te praten?
Hoor mijn nieuwe leringen in je hart!

❦

Laat die geest in je zijn die ook
in Christus Jezus was.
Paulus heeft gezegd dat je de oude
mens moet afleggen
en de nieuwe mens moet aantrekken.
Hij bedoelde dat je de lagere geest,
het menselijke denken, moet overwinnen
en je met de Christusgeest, je Christuszelf, verenigen.

❦

Omdat het bewustzijn van de mensen verhoogd is,
kan ik je tegenwoordig meer over God vertellen
dan tweeduizend jaar geleden.
Open je hart voor mijn progressieve openbaringen.
Er komen nog meer!

❦

Paulus heeft je verteld dat je niet alleen
naar het Woord
moet luisteren, maar het Woord moet doen.
Ik vertel je nu dat je het Woord moet zijn. Laat het
Levende Woord door jou incarneren.

❧

God heeft je naar zijn beeld en gelijkenis geschapen.
Jullie zijn je bron vergeten
en hebben een verkeerd beeld geschapen,
een sterfelijke gelijkenis.
Herschep jezelf naar Gods beeld.
Ik heb je al getoond hoe.
Waar wacht je nog op?

❧

Laat geen enkel mens uw kroon afpakken.
De kroon van jouw leven is de vaardigheid
om direct in je hart in nauw contact te
staan met God.
Dat is het kostbaarste geschenk
dat iemand ooit kan ontvangen. Gebruik het!

❧

Het regent op de rechtvaardige en
onrechtvaardige mensen.
Je kunt niet kopen wat God je royaal geeft.
Gooi je paraplu van illusies weg
en ontdek de vreugde van de regen.

❧

Zolang je denkt iets van buitenaf
nodig te hebben om God te bereiken,
kun je de God binnenin jou niet vinden.
Zoek God op dezelfde plek waar ik hem gevonden heb!

❧

Einstein heeft gezegd dat alles energie is.
Energie is vibratie.
Gods schepping is een continuüm van vibraties.
Het enige verschil tussen de hemel
en de aarde is een verschil in vibratie.
Je geest is net een radio-ontvanger.
Ze kan zich afstemmen op het station
dat Aarde heet
of het station dat Hemel heet.
De keus is aan jou. Leer simpelweg
hoe je aan de knop
van het bewustzijn kunt draaien.

❧

Het Leven is Groei.
Het was de bedoeling dat de Gulden Regel
het gewaarzijn van de mensheid zou verhogen,
zodat ze een hogere lering zouden kunnen ontvangen.
Het is nu tijd voor de volgende Gulden Regel:
Wees hier beneden alles wat je Boven al bent.

※

Alles wat bestaat, is gewoon God
die een vermomming aanheeft.
Het hele universum is God die naar je glimlacht
vanachter een masker.
Sommige maskers lijken op de hemel
en andere lijken op de hel,
maar het zijn allemaal tijdelijke vermommingen
voor de enige werkelijkheid die er bestaat:
het Levende Woord van God.
Leer achter het masker te kijken.

※

Wie de oude leringen begrepen heeft,
krijgt nieuwe leringen.

※

Het lagere bewustzijn, het menselijke denken,
moet sterven voor je ziel eeuwig kan leven
in het licht van Christus.
Ik zal op de begrafenis komen.

༄

Wat is dan de sterveling dat u aan hem denkt?
Mannen en vrouwen zijn individualisaties van God.
Ieder aspect van het materiële
universum is een individualisatie van God.
Menselijke wezens hebben het vermogen in hun
bewustzijn om te beseffen dat ze
individualisaties van God zijn.
Eis je geboorterecht op en wees God in actie.

༄

Vraag niet wat God voor jou kan doen.
Vraag wat God door jou heen kan doen.

༄

Je kunt de Christus niet herkennen
door het vlees en bloed van de uiterlijke geest.
Open je geest en verscherp je innerlijke blik.

༄

God straft menselijke wezens niet.
Menselijke wezens straffen zichzelf.
Wanneer je genoeg van dit spelletje krijgt,
zal ik je een betere manier tonen.

❧

Laat je door geen mens bedriegen.
Menselijke wezens hebben zo'n talent
om het ongelooflijke te geloven,
dat het zelfs God verbaast.

❧

Ik heb je nog veel te vertellen,
maar je kunt het nu nog niet aan.
Dus ik probeer het nu opnieuw,
bijna tweeduizend jaar later.
Kun je mijn Levende Woord nu aan
of heb je nog meer tijd nodig?

❧

CHRISTELIJKE ZEN

Wat is Boeddha?
De zenmeester antwoordt:
"Drie pond vlas."
Wat is Christus?
De snelste manier om de Boeddha te ontdekken
die verstopt zit in het vlas.

❧

Wat is het verschil tussen
de Christus en de Boeddha?
De Boeddha kwam verlichting brengen.
De Christus kwam om het oordeel te brengen
over degenen die proberen te verhinderen
dat anderen verlichting vinden.
Wee u wetgeleerden...

❧

Wat is het verschil tussen een zenleerling
en een leerling van Christus?
Op een hete dag valt een man flauw van de dorst
en ligt naar adem snakkend aan
de kant van de weg.
Twee zenleerlingen komen voorbij en de ene vraagt:
"Wat moeten we doen?"
De andere zegt:
"Weet je nog het raadsel van de Meester
over wat je aan een arme man moet geven?
De ander zegt: "Het ontbreekt hem aan niets.
Laten we doorlopen."
Dan komen er twee leerlingen van Christus langs.
De ene roept uit:
"Laten we hem een kopje water geven in Christus'
naam.
Wanneer hij bijkomt, kunnen we hem leren
hoe hij het raadsel van het leven kan oplossen."

※

Gezegend is hij
die het raadsel van het zelf oplost.

※

De Boeddha zegt:
"Bodhisattva's houden zich nooit
bezig met gesprekken
waarin de oplossingen afhangen
van woorden en logica."
Ik wilde dat al mijn volgelingen
Bodhisattva's waren.

❀

De Boeddha zegt:
"Accepteer niets wat onredelijk is,
verwerp niets als onredelijk
zonder het behoorlijk te onderzoeken."
Ik wilde dat christenen dit advies
van mijn geachte collega zouden opvolgen.
Per slot van rekening werken we voor dezelfde
werkgever.

❀

Wat is het geluid van één klappende hand?
Laten we de planeet redden.
Dan gaan we daarna wel weer raadseltjes oplossen.

❀

Twee zenmonniken komen bij een rivier
en zien een oude vrouw die de rivier niet
zelf kan oversteken.
Eén monnik draagt haar over de rivier
en zet haar neer.
Na een paar mijl
roept de andere monnik zeer gefrustreerd uit:
"Je hebt je heilige eed verbroken
om nooit een vrouw aan te raken!"
De andere monnik antwoordt:
"Ja, maar ik heb haar bij de rivier weer neergezet,
maar jij draagt haar nog steeds."
Ze hebben mij al heel lang geleden
van het kruis gehaald.
Heb je mij daar sinds die tijd laten hangen?

❦

De Boeddhisten zeggen:
"Stoppen iets te worden, is Nirvana."
Je moet beginnen met ernaar te streven
de Christus te worden.
Je kunt de reis echter alleen maar afmaken,
als je ophoudt met de Christus worden
en je gewoon de Christus bent.

❦

Vrede vinden

Al je wensen, al je verlangens naar de dingen van de wereld zijn vervangers voor het echte, innerlijke verlangen van je ziel – het verlangen naar vrede.

Bij alles wat je vindt, vind vrede!

Als er geen vrede in je ziel heerst, is er iets wat je nog niet opgegeven hebt:

- Waar je ook van voelt dat je er niet zonder kunt, zal je liefde afnemen.

- Waar je ook van voelt dat je er niet naar kunt kijken, zal je visie afnemen.

- Waar je ook van voelt dat het niet gebeuren kan, zal je macht afnemen.

- Waar je ook van voelt dat het niet kan worden achtergelaten, zal je zuiverheid afnemen.

Daarom:

- Om liefde te ervaren: geef je de gehechtheid aan de dingen op deze wereld op.

- Om visie te krijgen: wees bereid om naar alles te kijken wat je in de weg staat.

- Om macht te krijgen: accepteer dat met God alles mogelijk is.

- Om zuiver te zijn: wees bereid om de imperfecties uit het verleden achter te laten.

Enkel door ervoor te kiezen de illusies van de materiële wereld los te laten, kun je de liefde, de visie, de macht en de zuiverheid van de spirituele wereld ontvangen. En enkel de dingen van de geest kunnen je ziel vrede schenken.

Je ziel kan enkel vrede hebben wanneer ze weer in contact staat met haar bron, en haar bron is de geest.

Kies daarom wie je bent in Geest in plaats van te proberen te voldoen aan wat de wereld wil dat je bent. Kies ervoor te zijn en stop met kiezen om niet te zijn.

Wees hier beneden alles wat je Boven al bent.

DE VREDESSTRIJDER

Een strijder marcheert over de weg, zijn zwaard is geslepen, zijn geest is op strijd gericht. Hij ontmoet een Meester en zijn discipel. De Meester zegt: "Mijn zoon, waar loop jij zo vastberaden op af?"

De strijder antwoordt: "De vijand heeft onze natie aangevallen. Hij heeft twee van onze grootste gebouwen vernietigd en de vrede van ons afgenomen. Ik ga de vijand vernietigen en onze vrede herstellen!"

De Meester vraagt: "Mijn zoon, als de vijand de vrede met geweld heeft afgenomen, hoe kan nog meer geweld de vrede dan terugbrengen?"

De strijder verklaart: "Het kan niet anders. Wanneer de vijand is vernietigd, keert de vrede terug!"

De Meester antwoordt: "Mijn zoon, ik merk dat je hart problemen heeft. Het is gevuld met boosheid en haat tegen de vijand. Kan het misschien zijn dat je boosheid en je haat je vrede heeft weggenomen?"

De strijder zegt: "De vijand heeft de boosheid gecreëerd. Als de vijand eenmaal is vernietigd, is de haat weg en wordt mijn vrede hersteld."

De Meester probeert het opnieuw: "Mijn zoon, als de vijand de oorzaak is van je boosheid, dan moet de vijand wel over je innerlijke wereld regeren. Misschien moet je eerst de vijand in jezelf verslaan voor je de strijd met de vijand buiten je aangaat? Misschien moet je eerst vrede in je hart zoeken voor je vrede aan de wereld probeert te brengen?"

De strijder verklaart: "Ik kan pas vrede vinden als de vijand vernietigd is!" Dan marcheert hij door zonder om te kijken.

De Meester glimlacht een beetje en loopt door. Zijn student roept uit: "Meester, hij heeft uw wijsheid niet begrepen en gaat zijn eigen ondergang tegemoet. Hoe kunt u zo onaangedaan lijken? Laten we hem achterna rennen en hem tegen zichzelf beschermen!"

De Meester antwoordt: "Mijn beste student, als ik innerlijke vrede onderwijs, hoe kan ik dan mijn eigen vrede laten verstoren door iemand die mijn boodschap afwijst?

Bovendien leeft zijn ziel wel verder, ondanks het feit dat zijn lichaam misschien wordt vernietigd. Op een dag zal de ziel genoeg krijgen van het proberen vrede te brengen door vijanden buiten je te bestrijden. Ze zal de vijand binnenin ontdekken en op den duur zal ze de innerlijke bron van vrede ontdekken.

Hoewel we kunnen proberen om anderen hun lessen te laten leren, moeten we hen nooit daartoe dwingen.

Vrede kan niet met geweld tot stand worden gebracht. Een conflict is de afwezigheid van vrede. Vrede kan niet gebracht worden door conflicten te verwijderen.

Uiterlijke vrede kan enkel door innerlijke vrede tot stand worden gebracht.

De enige manier om vrede te brengen, is door vrede te zijn waar er maar non-vrede bestaat. Begin bij jezelf, mijn beste student!"

De Christus Is In Jou Geboren

Ontdek de Echte Jezus
Heb je onbeantwoorde vragen
of onopgeloste gevoelens
over Jezus en
zijn ware boodschap?

Een waarachtig transformerend boek!

Een unieke kijk op de innerlijke boodschap van Jezus. Genees de wonden die je misschien hebt opgelopen door de van hel en verdoemenis prekende dominees en hun rigide doctrines en veroordelende houding.

Als je ooit het christendom hebt opgegeven, is dit boek de beste manier om er nog eens naar te kijken en de echte Jezus te ontdekken die volledig in de schaduw blijft vanwege doctrines, dogma's en interpretaties.

Je zult antwoorden vinden op veel van de vragen die christenen eeuwenlang hebben verbijsterd. Je zult ontdekken dat Jezus in feite niet zo gek was en dat het enkel de door mensen gemaakte, door de politiek aangezette, doctrines waren, die onbegrijpelijk waren.

Om te bestellen, zie www.morepublish.com

Voor informatie zie ook:

www.askrealjesus.nl

www.askrealjesus.com